Fuera de mi alcance

Oficina WonderBooks #3

Elsa Tablac

CAPÍTULO 1

L EAH

El vértigo me acompañaba desde que subí al metro en el aeropuerto y me bajé en Times Square, el corazón de la ciudad que no duerme, y tal vez del mundo entero.

Pensé, como siempre, que nunca me acostumbraría al *shock* que supone llegar a Nueva York después de mucho tiempo, abandonar la terminal del aeropuerto y emerger en mitad de la ciudad, sobre el asfalto. Verse sobrepasada por una vorágine de ruido y edificios monstruosos y perfectos.

Mi editora, Ruby Elliott, había insistido en que un coche me recogiese en el aeropuerto y me condujera hasta la sede de WonderBooks, la editorial que publica mis libros desde hace dos años, nada más aterrizar. Pero yo jamás me resistía a ese viaje de cuarenta minutos en metro desde el JFK, que me apasionaba y me permitía estudiar a gente de todo tipo.

Esa era una experiencia de la que no podía disfrutar en Bozeman, Montana, la pequeña ciudad del oeste en la que vivía (era una ciudad, pero yo siempre lo llamaba "el pueblo").

Sonreí nada más pisar el asfalto y sentir la energía electrizante de una de las ciudades más impactantes del mundo.

Era la tercera vez que visitaba Nueva York a mis diecinueve años —la primera vez había ido acompañada de mis padres—, y eso para alguien de Bozeman era todo un acontecimiento. Allí todo el mundo me conocía como "la escritora", y hasta hace nada "la niña-escritora", aunque a decir verdad solo una de mis amigas se había molestado en leer las dos novelas de fantasía romántica que WonderBooks había publicado hasta entonces.

Me detuve delante del Radio City Music Hall y me quedé embobada observando el ir y venir de oficinistas que acudían a sus puestos de trabajo. Eran las once de la mañana, y a pesar de que había desayunado —y bastante bien— en el avión, no pensaba privarme de uno de mis grandes placeres: un gigantesco café *latte* de buena mañana.

Caminé un poco por Park Avenue y vi una cafetería bonita llamada Mallory's Café. Entré como lo haría Dorothy paseando por el reino de Oz.

En ese momento, sonó mi móvil. Era Ruby.

—¡He llegado! —exclamé entusiasmada—. Estoy de camino, ¡lo prometo!

—Ugh, Leah. Apenas he dormido esta noche de los nervios. ¿Sabes qué hará Linley con mi cabeza si te pasa algo? Y no es tanto por la cabeza, sino mi espectacular melena pelirroja lo que me preocupa.

Me reí. Cierto, tenía un pelo fabuloso. Pero, ¿qué podría pasarme? Estaba literalmente rodeada de gente que iba y venía a toda prisa sin reparar siquiera en mi presencia.

—Estoy cerca de la editorial, en serio.

—¿Has vuelto a venir en metro desde el aeropuerto?

Ruby era un poco histérica a veces. Se ponía nerviosa cuando algo no estaba completamente bajo su control.

—Sí, ya sabes que me encanta ir en metro. No pierdo la esperanza de encontrarme a Keanu Reeves. Me han dicho que es un chico completamente normal que usa el transporte público y que además...

—Leah. Primero, no estoy tan segura de que Keanu viva en Nueva York. Probablemente esté ocupado con algún rodaje. Siento decepcionarte. Y dos: ¿no es un poco mayor para ti? ¿No te gusta más, no sé, Justin Bieber?

Solté una carcajada. Ruby era también muy graciosa sin pretenderlo. ¡Justin Bieber!

—Lo siento, Ruby. Los hombres de mi edad no me comprenden, prefiero a alguien con más...experiencia.

—¡Los hombres de tu edad! Díos mío... Oye, dime una cosa. Entonces, ¿has venido directamente desde el aeropuerto?

Me cambié el móvil de mano mientras, al mismo tiempo, pagaba mi café a la dependienta. ¿Qué le pasaba aquella mañana a Ruby? ¿Y por qué parecía estar tan segura de que yo necesitaba una *nanny*? Era lo suficientemente lista y madura para escribir libros y también para subirme a un avión y moverme por Nueva York sin que nadie me secuestrase.

—Sí —contesté.

—¿Vas con la maleta?

—Sí. No he pasado por el hotel, porque además creo que aún no es posible hacer el *check in*. Iré después de nuestra reunión.

—¿Quieres decir que estás paseando por Manhattan mientras arrastras una maleta?

Santo Dios, era el momento de cortar aquella conversación.

—Ruby, te veo en una media hora. Tengo que dejarte, ¡estoy pagando un café! No te preocupes, nos vemos enseguida.

Algo le pasaba esa mañana, estaba convencida, aunque Ruby era totalmente hermética con su vida personal. Nos habíamos visto en persona varias veces, me había acompañado en dos intensas giras promocionales, cuando publiqué mis dos primeras novelas, y hablábamos por videollamada al menos una vez al mes.

Observé el ambiente de la cafetería antes de salir por la puerta. Hubiese dado cualquier cosa por sentarme allí un rato, junto a la enorme ventana, sacar mi portátil y escribir un rato mientras me tomaba mi café. Pero si me entretenía más a Ruby le iba a dar un ataque.

Cogí el cambio y me quedé esperando una sonrisa. En Bozeman todo el mundo te sonríe; pero la chica que me atendió, al parecer, tenía bastante prisa en ver qué quería el siguiente cliente.

Di un sorbo y arrastré mi equipaje hasta la salida. ¿Si llevaba encima mi maleta? *Qué cosas tienes, Ruby.*

Llegué a la sede de WonderBooks después de un lento paseo de veinte minutos. Si hubiese seguido hablando con mi editora habría insistido en enviarme un Uber, o peor, me habría hecho enviarle mi ubicación para venir a buscarme de inmediato.

En esos días yo era una de las estrellas emergentes de la editorial. Mis libros habían vendido en total casi un millón y medio de ejemplares, por lo que las cosas no iban nada mal. Para ser una novata, quiero decir.

Estaba en la ciudad para discutir con Ruby, en persona, el manuscrito que les había entregado hacía solo un par de meses, y si todo iba bien, firmar un nuevo contrato que me ataría a WonderBooks para los próximos tres libros.

¿Podría hacer todo esto desde la casa de mis padres en Bozeman? Sin duda. Pero siempre buscaba una buena excusa para ir a Nueva York a hablar con Ruby en persona. Mentiría si no reconociese que mi idea, mi sueño secreto, era instalarme allí una temporada.

No era necesario para mi trabajo.

No tenía demasiados amigos allí.

No tenía la menor idea de cómo me sentaría vivir en un sitio tan loco y tan diferente a todo lo que había conocido hasta entonces.

Y sin embargo, desde hacía ya un año, en concreto desde que había cumplido los dieciocho, no pensaba en otra cosa.

Pero aún no se lo había dicho a mis padres, y eso iba a ser un pequeño problema.

Paseé mi maleta con ruedas por el vestíbulo del edificio donde se encontraba la sede de WonderBooks, en la planta catorce. El guardia de seguridad me pidió mi identificación y me dio una tarjeta de visita.

Después me encaminé hacia los ascensores. Mientras esperaba, me pregunté por qué a Ruby le interesaba tanto mi maleta. Era pequeña, de un color morado precioso y llevaba lo justo y necesario para pasar cuatro días, incluido el fin de semana que se aproximaba, en la ciudad. Es más, me sobraba espacio, porque no pensaba privarme de ir de compras.

Observé cómo el rótulo luminoso del ascensor que tenía frente a mí iniciaba una cuenta atrás desde la planta a la que me dirigía.

Diez, nueve, ocho...

Qué poco sospechaba, en ese momento, que mi vida iba a dar un vuelco en apenas unos segundos.

Cinco, cuatro, tres...

No solo mi vida. También mi corazón.

La puerta del ascensor se abrió y dentro de él, como si hubiese descendido desde el cielo solo para alegrarme la vista, apareció el hombre más atractivo que había visto en... ni me acuerdo. Desde luego no había visto a ningún hombre así en Bozeman.

Ni en Nueva York.

Estaba apoyado en el espejo del fondo del ascensor y en cuanto me vio se incorporó, corrigiendo su postura al instante.

Un hombre, sí.

Tendría unos treinta y cinco años. Cada vez se me daba mejor calcular ese parámetro humano y arbitrario.

E irrelevante, porque a mí jamás me había importado demasiado. Solo había aprendido, desde mi adolescencia, a aceptar lo evidente y lo inevitable: me sentía atraída por los hombres, no por los muchachos que habían ido conmigo al instituto.

Pero hasta ese día solo me había limitado a admirarlos desde cierta distancia y a sonrojarme si me devolvían un diez por ciento de atención.

Me sonrió al instante. Me pregunté si me conocía. Venía de la planta catorce, pero no recordaba haberlo visto en mis visitas anteriores (creedme, me habría acordado al instante de alguien así). Y como decía, empiezo a ser una autora conocida. No famosa, ojo. Quiero pensar que nunca seré famosa. No me interesa la fama. Lo que quiero es dedicarme a escribir y vivir de mis libros; algo por lo que había apostado desde que mi profesora de literatura del instituto, la señora Fansworthe, soñó un día que una de sus alumnas se convertía en una autora de éxito.

¡Yo!

Entré en el ascensor. Mi mirada se fue directamente al suelo. Era demasiado atractivo para sostener la suya.

Para empezar, era alto, debía medir casi un metro noventa. Parecía fuerte, con espalda ancha, aunque de comprensión delgada. Vestía un traje de color oscuro y tenía los ojos azules más increíbles que recordaba, unos ojos que no perdían ni un grado de su intensidad detrás del cristal de sus gafas. Gafas de neoyorquino. El perfil era como de dios romano, o griego, o de superhéroe mitológico.

—¿Dónde vas? —Su voz, grave y profunda, me hizo olvidarme por completo de dónde iba y hasta de quién era.

Levanté la vista.

—Planta catorce —murmuré.

Me sonrió, hizo un gesto de abandonar el ascensor y estuve a punto de sujetarlo por el brazo. Pero no, solo sacó medio cuerpo de aquel minúsculo cubículo para coger la maleta que yo había dejado abandonada delante de la puerta, como una inepta.

—Creo que te dejas esto.

—Qué tonta. Gracias.

Para mi sorpresa, entró de nuevo en el ascensor y pulsó el botón número 14. Y se quedó allí conmigo, respirando el mismo oxígeno, o más bien consumiéndolo y apoderándose de él, porque yo sentía que me quedaba sin aliento.

Subir esos catorce pisos no fue tan rápido como parecía en un principio.

—¿A dónde ibas? —le pregunté yo de repente. Algo me poseyó, obvio. Ni siquiera estaba pensando lo que decía.

Él no había vuelto a su postura inicial, apoyado en el espejo. Todo su cuerpo estaba inclinado hacia mí, y yo solo quería resguardarme bajo él de aquella ciudad intimidatoria.

—¿Yo?

—Sí. Antes bajabas hacia el vestíbulo, ¿no?

Cállate, Leah, me decía el ser invisible que a veces se posa sobre mi hombro y que, por cierto, no es ni ángel ni demonio.

Él carraspeó. Se tocó la nuca.

—Sí, bajaba. Pero te estoy acompañando de nuevo hacia la planta catorce. Trabajo ahí, ¿sabes? En la editorial.

—¿Acompañarme?

—Creo que te esperan arriba... Leah. Siempre es un acontecimiento el hecho de que una autora nos visite. En especial tú.

Ahí fue cuando supe que estaba perdida. Fui consciente de que aquella idea de instalarme en Nueva York para escribir durante "una temporada" no era tan loca como pensé en un principio. Que tal vez sí iba a suceder después de todo, y que ojalá aquel hombre fuese la razón repentina y sinsentido por la que no había podido resistirme.

Él sabía mi nombre pero yo no sabía él suyo.

Y justo cuando iba a preguntarle la puerta del ascensor se abrió; y allí me esperaba Ruby, para abrazarme y arrastrarme lejos de él.

A mí y a mi maleta.

CAPÍTULO 2

A SHTON

Le lancé un papel arrugado a mi compañero Evan. Más bien es mi subordinado. Soy el jefe responsable de los sistemas informáticos de WonderBooks. Pero en la especie de cueva que ocupamos Evan, Brock y yo, más o menos intentamos mantener un esquema horizontal.

Evan me ignoró.

Cogí otro papel, lo arrugué y se lo lancé.

—Dios, Fuller. ¿Hemos llegado a un punto en que ya no puedes ni llamar mi atención diciendo mi nombre en voz alta?

Me reí. Nos pasábamos juntos cuarenta horas a la semana —a veces, si teníamos mala suerte, hasta cincuenta—, y sabía perfectamente cómo buscarle las cosquillas a los dos.

—Cada vez más neandertales —dijo una voz femenina a mi espalda. Era Naomi, la directora de marketing, que pasaba por allí. Se perdió por el pasillo sin darme siquiera la oportunidad de responder.

—¿Cuántos años tiene Leah Ellington? —le pregunté a Evan.

—¿Quién?

—Leah...

—Te he oído. No tengo ni idea de quién me hablas.

—La escritora superventas. La que pegó el pelotazo el año pasado con aquella novela...

Evan se dignó a apartar la vista del ordenador y me miró como si le hablase en ruso.

—La que paga nuestras nóminas —le aclaré.

—Si no sé quién es, ¿cómo quieres que sepa su edad?

—Creí que eras tú quien pagaba nuestras nóminas, Ash —dijo Brock a mi espalda. Llegaba en ese momento con una taza en las manos.

—Ja, ja. Muy graciosos. El caso es que está aquí. En la oficina. Acaba de llegar a la ciudad.

Brock se sentó en su silla, encendió el ordenador y me miró mientras la máquina se ponía en marcha.

—No tengo la menor idea de por qué quieres averiguar su edad. No me lo expliques, prefiero no saberlo. Pero sí te puedo iluminar para que lo averigües.

—¿Y eso? ¿Crees que alguien lo sabe?

—Google, Fuller. Pregúntale a Google.

A día de hoy aún no puedo explicar qué sucedió en ese bendito ascensor. No lo sé. La vi llegar a la ciudad, sola, con una maleta minúscula, con el rostro encendido y los ojos iluminados y quise saber todo sobre ella.

En aquel momento cerré el pico y busqué toda la información que pude en Internet.

Leah tenía diecinueve años recién cumplidos y eso era un problema. A mis treinta y cinco, probablemente no tendría ninguna posibilidad de que se fijase en mí. Las chicas de su edad nunca me habían interesado demasiado hasta que las puertas de ese ascensor se abrieron, y con ellas las del cielo.

Vivía en Bozeman, Montana. Consulté la intranet de la empresa. Leah estaba a punto de firmar el contrato de publicación de su tercera novela. Eso significaba que probablemente pasaría un par de días en Nueva York, tal vez tres. Era suponer demasiado.

Me levanté, impulsado por una energía desconocida, oscura e intensa. Algo había pasado cuando nos vimos y necesitaba asegurarme de que no eran imaginaciones mías.

Salí al pasillo y fui a buscar a Naomi. La encontré en su despacho, sola. Después de la marcha de Mark —que, por cierto, me constaba que estaban liados y que la cosa iba bastante en serio— había asumido todas las tareas de departamento en compañía de un becario al que pensaban ascender en breve y que había pasado unos meses detrás de ella como un corderito.

Me asomé a su puerta.

—Una cabeza flotante —dijo, mirándome por encima de sus gafas.

Naomi siempre estaba a la defensiva; y a pesar de que tenía una forma peculiar de bromear, me constaba que era una mujer adorable. Durante los primeros meses se había llevado a matar con Mark Perry y al final había resultado que no podían pasar ni un minuto separados el uno del otro.

—¿Qué tal llevas la mañana, Naomi?

—Uy. Tú quieres algo.

—¿No puedo pasar a saludarte sin más?

Dejó que un breve silencio respondiese lo evidente.

—¿En qué puedo ayudarte? Sé breve. Dean quiere verme en su despacho en tres minutos.

—Me he encontrado a Leah Ellington en el ascensor y la he acompañado. ¿Tú sabes hasta cuándo está por aquí?

Una sonrisa se dibujó en su rostro al instante. Poco después aprendería —aunque no era muy difícil de imaginar—, que Leah era sinónimo de éxito, prosperidad y riqueza, y que su nombre era venerado en cada uno de los despachos de la oficina.

—Mi Leah —contestó Naomi—. ¿Ya ha llegado? Fenomenal.

—¿Hasta cuándo está en Nueva York? Porque no vive aquí, ¿verdad?

—¿Cómo iba a saberlo? Aún no la he visto ¿Y por qué quieres saberlo tú?

No iba a confesar lo evidente.

—Mi sobrina es una gran admiradora de sus novelas. Me gustaría conseguir algún libro suyo dedicado.

Naomi se levantó, cogió una carpeta de documentos y se acercó hasta la puerta.

—Espero que eso sea cierto, querido Ashton. Te prohíbo que la espantes, ¿de acuerdo? Tiene que seguir con nosotros durante mucho, mucho tiempo y queremos que esté muy contenta. Pregúntale a ella misma. O a Ruby. Es ella quien ha de asegurarse de que no la secuestran ni se emborracha hasta desmayarse mientras esté en la ciudad.

La seguí por el pasillo.

—Uhm... diría que no tiene edad para beber.

Naomi se giró, dispuesta a dar por concluida aquella conversación sin sentido.

—Exacto, Ash. No tiene edad para beber. Y eso debería darte alguna pista al respecto. Para que dejes de preguntarme por ella, quiero decir.

Naomi no tenía el más mínimo interés por escuchar ninguna de mis réplicas. Se giró de nuevo y se alejó en dirección a los ascensores que deberían de conducirla a la cúpula del edificio, el lugar en el que Dean Harrington, nuestro nuevo director, se había instalado hacía unos meses.

Mi trabajo en WonderBooks consiste esencialmente en estar alerta y apagar fuegos. Vigilar las redes de seguridad de la empresa. Asegurarme de que todo el mundo recupera su contraseña cuando hacen demasiados intentos y bloquean su ordenador por pura torpeza. Supervisar a Brock y a Evan. Aquella era, por suerte, una mañana tranquila y tenía todo el tiempo del mundo para seguir la pista de Leah.

Me dirigí a la zona donde se agrupaban las editoras. Vi a Alice y a Sarah por allí. Y al fondo, dentro de la urna donde vivía Laura Linley, la legendaria directora editorial, estaban Leah y Ruby, escuchándola atentamente, de pie, junto a su mesa.

Asomé la cabeza por encima de uno de los armarios que separaban el departamento del pasillo principal.

—¡Alice! —susurré.

Levantó la cabeza de la pila de papel en la que vivía sumergida.

—¿Sabes si les queda mucho ahí dentro? —pregunté, señalando el despacho de Linley.

—No. Ni idea. ¿Quieres que le diga a Ruby que te avise cuando salga?

Negué con la cabeza.

¿Qué estaba haciendo exactamente? Estaba dando palos de ciego, y probablemente despertando las sospechas de mis inteligentísimas compañeras de trabajo.

Me retiré para dar la vuelta a los armarios y ahí fue cuando tropecé torpemente con... una maleta.

Me caí sobre el bulto y el estrépito repentino hizo que todo el mundo se girase. Incluidas Linley, Ruby y Leah, que se llevó las manos a la boca en señal de espanto en cuanto me vio aterrizar sobre su maleta. Hizo el amago de salir del despacho, pero Ruby la detuvo en cuanto vieron que yo me levantaba rápidamente.

Alice se giró en su silla y me observó.

—¿Qué te pasa esta mañana, Ashton? Te veo un poquito torpe.

Era la única, junto con Naomi, a veces, que me llamaba Ashton. El resto del universo me conocía como Ash, o directamente Fuller.

—Es obvio: tropecé. No ha sido nada. Todo bien. Circulen.

En una situación normal habría puesto el grito en el cielo y habría maldecido a quien hubiese dejado una maldita maleta plantada en medio de la moqueta. No soy alguien que vaya mirando al suelo.

Alice suspiró, pero no dijo nada más.

Me levanté y me retiré con discreción hacia mi lugar seguro. Aquello era ridículo y tenía toda la pinta de terminar mal. Mientras caminaba por el pasillo observé la melena rubia de Leah. Entonces se giró y me sonrió, y la momentánea convicción de que debía olvidarme de ella se esfumó de un plumazo.

Al cabo de un rato, cuando por fin conseguí concentrarme en mis tareas de aquella mañana, oí la voz de Ruby a mi espalda. Eché un vistazo al reloj. Había pasado casi una hora y media desde mi tropiezo.

—Ash, ¿puedo robarte unos minutos?

Me giré y vi que Leah la acompañaba.

—Por supuesto.

—¿Podrías echar un vistazo al ordenador portátil de Leah? Va a estar un rato en una de las salas de reuniones, escribiendo un cuento para una promoción. Pero no conseguimos que se ponga en marcha.

Noté la sonrisa maligna de Evan.

—Si estás muy ocupado, puedo hacerlo yo —me dijo el muy capullo.

Ruby lo miró.

—Me da lo mismo. Uno de vosotros. Nos haríais un gran favor.

—No. Yo me ocupo —sentencié, fulminándolo con la mirada —. Acompañadme por aquí, por favor.

Sentí el impulso inmediato de alejarla de aquel nido de buitres, del que por supuesto yo no me consideraba parte, de llevarla a una sala de reuniones, de hacer que Ruby la dejase por fin en mis manos y de abrazarla, aunque sabía que eso último no iba a suceder.

Entramos en una de las salas vacías. Me encaminé cuidadosamente hacia una que no tenía las paredes de cristal.

—Creo que aquí estarás más tranquila —le dije.

Leah permaneció de pie, abrazada a su *laptop* muerto. Podía apreciar perfectamente la tensión de sus mandíbulas. De repente la notaba pálida, nada que ver con la expresión relajada que mostraba en nuestro primerísimo encuentro, en el vestíbulo del edificio.

—¿Estás bien? —le pregunté.

Ella agitó la cabeza, en señal de disconformidad.

—Puedes imaginar lo importante que es para una escritora su ordenador portátil, Ash —dijo Ruby, convertida en nuestra sombra.

—¿Qué le pasa?

—No se enciende. Ni siquiera estando conectado a la toma de corriente. La pantalla ha muerto. ¿Crees que puedes arreglarlo?

—Al menos vamos a intentarlo, ¿no?

No lo pude evitar. Estiré la mano para tocar su brazo. Ansiaba el contacto físico y en ese momento pensé que tal vez quedarme a solas con aquella chica no era la mejor de las ideas.

Ruby dio un paso atrás, y justo después consultó su reloj.

—Te debo una, Ash. Sé que no es uno de nuestros equipos y que no es exactamente tu trabajo...

—Es mi trabajo asegurarme de que una de nuestras mejores autoras pueda usar su ordenador.

El color invadió de nuevo las mejillas de Leah y su mirada cayó de nuevo de manera fulminante hacia la moqueta. Aquel simple gesto de timidez encendió todavía más mi deseo.

—Os dejo aquí, entonces —respondió Ruby—. He de hacer unas llamadas; Leah. Vendré a buscarte en un rato para salir a comer con Linley y Naomi.

—No te preocupes. Me quedo con Ash —contestó ella. Una tímida sonrisa apareció de nuevo.

Maravilloso. Mi nombre sonaba perfecto en su garganta. La imaginé al instante gritándolo entre las sábanas. Y no, en ningún momento pensé que me estaba comportando como un pervertido, porque algo en mí me decía que aquello estaba bien, que era perfecto y que solo sería mágico si ella daba el paso. Si ella quería.

Yo solo estaba proyectando.

Me dio el portátil y el cable y le pedí que se sentara a mi lado. Enchufé el cargador e intenté encender el ordenador, que estaba, efectivamente, muerto.

—¿Crees que tiene solución?

—Todo tiene solución, Leah. Si esto nos lleva más tiempo de lo normal, te prestaré otro ordenador para que puedas trabajar.

—Obviamente lo que ha dicho Ruby sobre mi apego, bueno, no es exacto. Es solo que tengo una novela a medio escribir en el disco duro. No me gustaría perderla, eso es todo. El ordenador en el fondo es lo de menos. Sé que he de renovarlo cada cierto tiempo.

La observé. Era insolentemente joven y bella, pero tenía ese aire de chica despreocupada y del todo inconsciente del efecto que causaba su nariz pequeña y puntiaguda, sus labios carnosos y su melena rubia, corta y luminosa.

Y no, no quería desviar la mirada hacia el escote de su vestido, porque entonces me iba a ser imposible no invitarla a salir antes de que se marchase de vuelta a Bozeman, Montana.

Si es que antes no la convencía para que se quedase para siempre a mi lado.

CAPÍTULO 3

L EAH

Aquella turbulencia no podía ser producto de mi imaginación. Sé muy bien que el ordenador es mi herramienta de trabajo y que me ha llevado muy lejos.

Lo que estaba sucediendo en aquella sala entre Ash y yo, aquella comunicación basada en los silencios y en lo magnético era real, no era una de las historias con las que a veces me obsesionaba y que más tarde tecleaba a toda prisa.

Lo que también era real era la preocupación por mi queridísimo ordenador. Había faltado un poco a la verdad al decir que lo realmente importante era el contenido. Que sí. Que lo era. Pero aquella carcasa metálica con teclado era una extensión más de mi cuerpo cuando viajaba. Sin él me sentía casi desnuda, y desde luego lo necesitaba si quería regresar a aquella acogedora cafetería con él bajo el brazo.

Necesitaba sentarme a escribir mis palabras del día. El relato que me había pedido Ruby para la web de WonderBooks, o simplemente continuar con la novela. Y cuanto antes me desprendiese de aquella necesidad vital diaria —escribir mis historias— antes podría concentrarme en Ash.

Sacó un pequeño destornillador del bolsillo y extrajo la batería.

—Tócala —me dijo.

Extendí los dedos sobre la carcasa.

—Está ardiendo.

—Está fundida, más bien. Vamos a poner una nueva.

—¿Quieres decir que es solo eso? ¿Voy a poder recuperar mis escritos?

—Creo que sí —contestó. Movió un poco la silla y se acercó a mí—. Leah, cuéntame un poco cómo proteges tus documentos.

Era extremadamente amable. Podía haberme arrebatado el ordenador, arreglarlo en su mesa, o incluso dárselo a uno de sus compañeros; pero parecía encantado de ayudarme. Observé sus labios. Sería tan inapropiado besarlo. ¿Me vería como una niña, como ya me había sucedido en Bozeman en los tímidos acercamientos que había hecho en alguna ocasión cuando alguien me había gustado?

—Espérame aquí, un segundo —añadió enseguida—. Ahora hablamos.

Salió de la sala y regresó con una batería nueva al cabo de unos minutos.

No parecía que aquella reparación fuese muy difícil, pero observé cómo se tomaba todo el tiempo del mundo.

—Cuéntame, entonces.

—Cuando acabo un texto me lo envío a mi correo electrónico. Y también lo guardo en un *pendrive*.

—¿Y dónde está ese p*en*?

Saqué las llaves de casa de mi bolso. A decir verdad era un simple llavero con forma de memoria extraíble. Observé la expresión de horror en la cara de Ash.

—Díos mío, no le cuentes nada de esto a Ruby.

—¿No es suficiente?

—Supongo que cada escritor tiene sus propios métodos y rituales pero estás jugando con fuego, Leah. Podrías perder tus textos. Y para una autora de tu nivel, alguien que supongo que escribe a menudo...

—Todos los días.

—Todos los días. Bien —se tocó de nuevo la nuca y observé como el botón superior de su camisa se abría, dejándome ver unos centímetros extra de su torso. Aquel hombre emanaba calor, sus músculos voluminosos y tensos parecían trabajar a toda máquina. Una de las venas de su cuello se reveló en aquel instante, y pensé que era el camino perfecto que recorrer con mi lengua. Díos mío, ¿qué me estaba pasando desde que había salido del metro? Tal vez aquella era la vía de escape que mi cuerpo y mi mente ansiaban desde mi última visita.

Ash continuó hablando mientras operaba las entrañas de mi ordenador con sus herramientas en miniatura. Junto con la nueva batería, envuelta en plástico, había traído consigo un pequeño maletín con gran cantidad de pequeños adminículos metálicos.

—Mi consejo es que compres un par de discos duros externos y hagas copias de todo tu trabajo. Enviarlo a tu e-mail está bien, pero me temo que no es suficiente. Una escritora de tu nivel tiene que tener múltiples copias de seguridad de todo lo que hace. Por supuesto, uno de esos discos duros no debe estar en tu casa. Yo buscaría una caja fuerte.

—¿Por si arde?

—Por si arde. Por si se inunda. Por si uno de tus admiradores locos se cuela en tu dormitorio y se lleva todo lo que le recuerde a ti.

Me reí.

—Eso es ridículo. Y terrorífico —dije.

—Disculpa, tienes toda la razón. Pero ya me entiendes. No vives en la ciudad, ¿verdad?

—Si viviera aquí no iría por ahí con una maleta a todas partes.

—A lo mejor eres de las que lleva una maleta solo para que el resto de mortales tropecemos con ella.

Escondí la cara entre mis manos.

—Lo siento mucho.

—No lo sientas. Dejémoslo en que soy un poco torpe.

—No me lo parece —contesté, señalando mi pobre ordenador destripado.

Ash dejó sus pequeñas herramientas sobre la mesa.

—¿Hasta cuándo estás en Nueva York?

Me mordí el labio. Quería contestar que me quedaba indefinidamente, que hacía tiempo que la ciudad me llamaba y que deseaba pasar una temporada larga allí.

—Tengo un billete para el vuelo de regreso el lunes a primera hora.

—¿Tienes amigos en la ciudad?

—No demasiados. Un par, pero supongo que si no les he dicho aún que estoy aquí es porque las relaciones a distancia son complicadas de mantener.

—Seguro que se alegrarán de tener noticias tuyas. Te lo preguntaba porque...

—¿Sí?

—Por si querías salir a tomar algo.

Me costó horrores no empezar a dar saltos alrededor de aquella mesa. Que alguien como Ash estuviese barajando la idea de pasar tiempo conmigo era algo que amenazaba con derretirme allí mismo. Nunca había sentido que mis hormonas se volvieran locas y rebotasen bajo mi piel, pero algo muy parecido me estaba pasando en aquel instante.

—Sí, eso sería genial.

Él sonrió. Parecía aliviado.

—Si Ruby te deja.

No sé en qué sentido mencionaba a Ruby, pero podría imaginarlo.

—Oh, no te preocupes por eso —repliqué enseguida, aunque su mirada me indicó que solo estaba bromeando—. Escribiré lo que me ha pedido, iré a almorzar con ellas, y me aseguraré de tener la tarde libre.

—Esta tarde, ¿entonces?

—Sí, esta tarde es perfecto. Si te va bien.

Por supuesto que me interesaba pasar un rato con él lo antes posible. Y la razón estaba muy clara: si lo pasábamos bien tal vez habría la posibilidad de repetir antes de irme. Ash sonrió, atornilló de nuevo la base del ordenador y me lo devolvió.

—Ahora debería funcionar. Pruébalo, por favor.

En cuanto pulsé la tecla de encendido el portátil respondió. Las teclas se iluminaron como siempre.

Solté un tímido grito de alegría y de alivio. Quería abrazarlo, pero eso, allí, habría sido excederse.

—No sabes cuánto te lo agradezco, Ash.

Se levantó, visiblemente satisfecho.

—Es mejor que te deje trabajar —murmuró.

¿Iba a hacerlo? ¿Iba a abandonar aquella sala sin darme unas mínimas coordenadas para encontrarnos al final de la jornada? ¿O lo había dicho como simple idea, uno de esos planes que podían llevarse a cabo o no?

—Leah, una cosa... cuando te he propuesto salir a tomar algo, me refería a bebidas no alcohólicas, por supuesto. No vamos a tomar copas.

—Oh...

—Quiero decir, soy consciente de que, bueno, tal vez aún no puedes beber alcohol.

Y sin embargo tenía toda la razón.

—Eso no es problema —contesté, sin entrar en detalles.

Cerró la puerta, que hasta ese momento había permanecido entreabierta y regresó de nuevo a mi lado.

Titubeó unos segundos antes de decirme:

—Estaba pensando...Creo que es mejor que Ruby no sepa nada de eso. No quiero que tenga una idea equivocada sobre mí, o que no voy a preocuparme de que estés segura en todo momento.

—¿Por qué iba a importarle?

—Ella vive para sus autoras. Lo sé muy bien, la conozco. Y creo que está muy inquieta porque te pueda pasar algo mientras estás en la ciudad.

—Lo sé, pero no tiene por qué. Se lo repetiré las veces que sea necesario, Ash. No te preocupes por ella.

—¿En qué hotel te alojas?

—En el Baccarat.

—Perfecto, ¿te parece si paso a buscarte por el vestíbulo del hotel sobre las ocho? ¿Crees que estarás lista?

Asentí.

No estoy segura de si habría acabado con todo lo que tenía que hacer o no, pero ya me aseguraría de estar preparada para aquella incógnita. Para nuestra cita secreta.

CAPÍTULO 4

A SHTON

Salí de la oficina a las seis en punto, dejando tras de mí un aura enigmática como toda respuesta a las insistentes preguntas de Brock respecto a qué iba a hacer esa noche. Cancelé mi clase de *kickboxing* de los miércoles y me largué sin hacer demasiados aspavientos, pues no quería que nadie supiese dónde iba.

A buscar a Leah Ellington, por supuesto.

Pero primero pasaría por casa, el apartamento en el que vivía en Greenwich, para darme una ducha y cambiarme.

Después, sobre las siete y cuarto, decidí que daría un paseo hasta el hotel Baccarat, situado en la Calle 53, en lugar de tomar un taxi.

Un poco de aire fresco me vendría bien para despejarme. Sorprendentemente, no me había arrepentido ni un ápice de proponerle una cita a Leah Ellington. Al contrario, sentía que no me quedaba más remedio que asegurarme de que estaría bien durante su estancia en Nueva York.

Y con estar bien, me refiero a estar conmigo.

Esto no se lo había dicho a ella, pero entendía a la perfección la preocupación de Ruby. Ella no quería que una de sus autoras superventas se sintiese en absoluto sola o desamparada en la ciudad y yo estaba más que dispuesto a hacerle compañía.

Era la primera vez que una de las autoras que se dejaban caer esporádicamente por la oficina llamaba mi atención. Había visto alguna foto de Leah impresa en los libros o en el material promocional que a veces colocaban entre los armarios, pero nada comparable a la aparición de aquella mañana.

Y no era su aspecto angelical lo que había despertado mi instinto de protección. Era la química temible y fabulosa que teníamos. Era imposible, imposible que ella no hubiese sentido algo en aquel ascensor, en aquella sala. Y estaba dispuesto a confirmarlo.

Por si acaso; había decidido asegurarme de que nos veíamos una y otra vez. Su ordenador moriría de nuevo exactamente a las once de la noche. Y solo esperaba que se le ocurriese llamarme a mí para arreglarlo de nuevo.

No me sentía orgulloso de aquel pequeño sabotaje; pero era por una buena causa. O al menos, eso creía en ese momento.

Llegué puntual al lujoso vestíbulo del Baccarat. Era un espectacular hotel donde solo alojaban a los escritores de más éxito cuando venían a Nueva York por negocios. Por supuesto que Leah no se iba a sentir desvalida en lugar así. Eché un vistazo y la vi acomodada en uno de los enormes sofás, tecleando en su portátil.

Me sonrió al ver que me acercaba, pero sus dedos no dejaron de moverse a toda velocidad mientras yo caminaba hacia ella.

—¿Ocupada?

—Mira lo que tengo —contestó.

Abrió una bolsa de papel marrón y sacó de ella una caja. El ticket de compra cayó al suelo. Me agaché para recogerlo mientras me sentaba a su lado. Ella también; y uno de sus mechones rubios se precipitó contra mi nariz. Olí disimuladamente su cabello. Desprendía un delicioso aroma a fresas y a humedad.

—Es un disco duro externo. Voy a empezar a ser más cuidadosa.

—Me alegro. ¿Cómo fue tu almuerzo con las jefas?

—Estupendo. Vino también Dean... no recuerdo su apellido. El nuevo director de WonderBooks.

—Dean Harrington. Es un buen tipo.

—No esperaba que fuese tan joven.

El asunto de la edad era un tema peliagudo para tratar con Leah, así que decidí desviar el tema.

—¿Qué te gustaría hacer?

—¿A mí? Mmmmm...

—Creo que es mejor que decidas tú. Al fin y al cabo estás de visita, ¿no?

—Ya, pero entiendo que debe ser aburridísimo acompañar a una turista. Me apetece tomar un cóctel. ¿Conoces algún bar animado donde suelas ir con tus amigos y que esté bien?

Me lanzó una mirada pícara. ¿Cómo iba a negarle nada? De todas formas, era demasiado graciosa esa absurda ocurrencia de llevarla a algún sitio en el que pudiera encontrarme a alguien conocido.

Leah era un tesoro demasiado preciado como para arriesgarme a que alguno de mis amigos se ofreciese a escoltarla durante el resto de su estancia. Y estaba dispuesto a ahorrarle cualquier situación embarazosa.

—Conozco un par de sitios. Podemos dar un paseo si quieres.

Esperé a que apagara el ordenador. En ese momento me arrepentí de haber instalado aquel virus que evitaría que lo pudiese encender de nuevo a partir de esa noche. Era absurdo y ya estaba arrepentido; pero iba a tener que seguir adelante con aquella pequeña farsa.

Leah se levantó del sofá.

—De todas maneras es hora de dejar de trabajar. Quería terminar el relato que le prometí a Ruby, pero seguro que entenderá que salga un poco a divertirme hoy.

Me hizo gracia aquella abnegación.

—Te aseguro que Ruby estará divirtiéndose ahora mismo.

—Lo sé, los jueves por la tarde suele tomar algo con el resto de editoras. Me invitó a unirme a ellas, pero le dije que ya tenía planes. Que tal vez, si podía, las llamaría más tarde.

Me levanté y la miré, y me indignó pensar que no le había dado un beso a mi llegada, ni siquiera un tímido abrazo. Aún no estábamos en esa situación, supongo.

—He de subir un momento a la habitación a dejar el ordenador y esto —dijo, señalando la bolsa con el nuevo disco duro.

Pareció dudar un segundo.

—¿Me esperas aquí?

—Por supuesto.

Leah bajó al cabo de cinco minutos y abandonamos el vestíbulo. La ciudad y todos sus rumores nos acogieron al instante. Ella caminaba a mi lado, puntualmente entrando en contacto con mi brazo derecho, oscilante. Me pregunté qué era lo que pasaba por su cabeza. ¿Por qué pensaría que la había invitado esa tarde a dar una vuelta? Era una situación extraña y rutilante. Dos perfectos desconocidos que habían decidido, casi al unísono, que ya no lo serían más.

—Háblame sobre Bozeman —dije, tratando de romper el hielo.

Ella se rio.

—No sé qué puedes estar imaginando en este momento.

—Pienso en rodeos, en sombreros, en ir a caballo a todas partes.

—Eso es exactamente lo que hacemos todo el tiempo, sí —levantó el rostro y me regaló una sonrisa irónica.

Era como si cada vez que sus labios se curvasen me atrapara un poco más.

Le pedí que entrase en detalle y me complació saber que Leah llevaba un tiempo planificando su gran escapada. Cuando murmuró que tenía planes de instalarse en la ciudad me costó disimular mi entusiasmo.

—Tú eres de aquí, ¿no? —me preguntó.

—Mis padres viven en Staten Island —contesté—. Ellos son de aquí, como casi toda mi familia. Voy a visitarlos a menudo. Vivo en Manhattan prácticamente desde que terminé de estudiar, así que puedes entender que yo a veces fantasee con el camino contrario al que tú te planteas. Con huir de aquí.

Esa verdad saliendo de mi garganta me hizo darme de bruces con la realidad de inmediato. Estábamos en distintos puntos del camino. Ella apenas asomaba de su cascarón mientras que yo soñaba —aunque jamás lo reconociese ante nadie— con sentar mi gran cabezota, con salir de Manhattan y atisbar paisajes verdosos, con dejar de deslizar el dedo sobre la pantalla de mi móvil buscando la compañía de alguna de mis "amigas".

Quería a una persona a mi lado; y empezaba a agobiarme la sensación de que tal vez —por fin— la había encontrado en el momento en que las puertas de aquel ascensor se abrieron y que ella no estaría en esa misma sintonía. Observé su melena lisa agitándose sobre sus hombros al ritmo que marcaban sus pasos. Leah no vería más allá de aquella tarde. Yo era un pasatiempo en la ciudad. Alguien que la acompañaba en sus horas de vigilia antes de dormir y de ponerse a escribir de nuevo.

Entramos en el Cellery, un local que hacía siglos que no visitaba y en el que, estaba convencido, no nos toparíamos con nadie que conociese. Era un pub del Village por donde pasaba todo tipo de gente, desde artistas errantes que buscaban un sitio para exponer hasta programadores que se llevaban sus portátiles para trabajar. Tenían enormes pantallas que alternaban videoclips con partidos de baloncesto. Los camareros eran algo más simpáticos de lo habitual. Nos acercamos a la barra. Leah pidió un daikiri y yo una cerveza.

Iba a proponerle que fuésemos hacia una mesa apartada cuando ella se plantó en uno de los taburetes que había junto a la barra. *Demasiado expuesta*, pensé, pero por supuesto que no iba a decir nada. Y eso me daba la oportunidad de coger el taburete que quedaba a su lado y acercarme al suyo hasta que sus rodillas quedasen encajadas entre las mías.

Mientras Leah me decía que tal vez Brooklyn era el sitio en el que le gustaría vivir, yo me preguntaba cuándo nos besaríamos. Porque estaba convencido de que iba a pasar. Tenía que pasar. Y a cada segundo que pasaba mi deseo y mi anticipación crecían.

¿Cuándo?

CAPÍTULO 5

Él estaba muy cerca, nuestras bocas empezaban a aproximarse y a sentirse cómodas en esa proximidad peligrosa y familiar. Ash no dijo nada, ni me lanzó ninguna mirada acusatoria, cuando uno de los camareros se acercó y pedí una cerveza, ya con el daikiri vacío. Un instante después, me solté la melena, no sé si de manera inconsciente, que me había recogido de manera desordenada cuando nos sentamos.

Una sonrisa apareció en su rostro cuando el pelo cayó sobre mis hombros. A Ash pareció olvidársele lo que estaba diciendo y yo entendí, en ese instante, que esa noche sucedería exactamente lo que yo decidiera que sucediese.

Él no iba a hacer ningún movimiento extraño para atraerme hacia su pecho, el mismo que yo ya me moría por acariciar. Durante todo mi despertar adolescente mantuve en secreto esa pequeña anomalía —para mí— que nadie más conocía.

Los chicos del instituto eran invisibles para mí. Fue el entrenador Hockings quien me hizo darme cuenta de la realidad, y de que esta no era algo pasajero y sin sustancia: me gustaban los hombres mayores que yo. Me quedaba embobada viéndolo a través de los ventanales de las aulas, mientras él dirigía sus equipos de fútbol.

Yo tenía muy claro que nunca iba a pasar nada —y de hecho nunca sucedió, principalmente porque yo jamás practiqué deporte durante mis años de secundaria—, así que estaba claro que nunca íbamos a coincidir en el mismo plano de la existencia.

El entrenador Hockings era una fantasía andante y tangible, un sucio secreto imaginario y, sobre todo, era el hombre que no me arrebataría la virginidad por mucho que yo lo invocase, porque pertenecía al mundo de los sueños, por mucho que me sonriera puntualmente si nos cruzábamos en algún pasillo (y por no hablar de que hubiese sido ilegal en ese complicado ambiente de los adultos).

Lo dicho. Nunca pasó nada. Jamás me dirigió la palabra.

Pero algo había hecho "click" en mi tercer viaje a Nueva York, y estaba sentada junto a la barra de un bar elegante y acogedor, con la melena cayendo sobre mi hombro derecho y con unas ganas irrefrenables de seducirlo, de dejarme llevar, de dejar de ser la buena chica de Bozeman que escribía novelas juveniles y que "apuntaba maneras".

Algo que aprendes una vez has aceptado que te interesan los hombres y no los niños es que debes ser tú la que se acerque a ellos, la que deje lo más claro posible sus intenciones y deseos. Ellos no se van a arriesgar a quedar como unos pervertidos trasnochados y siempre van a esperar a confirmar que lo que creen que está pasando no es una alucinación.

Estudié los gestos de Ash, buscando cualquier pista en su lenguaje corporal.

No podía estar más receptivo. Mirada atenta, clavada en la mía, mano apoyada en su sien y codo en la barra, cabeza ligeramente ladeada, rodillas separadas, acogiendo las mías. Hablaba como si me conociera desde hacía tiempo. Me gustó que en ningún momento mostró un interés explícito en leer mi trabajo. Eso es algo que algunos chicos dicen cuando quieren que acabes entre sus sábanas.

Pero Ashton era un hombre. Observé su barba de tres días y deseé acariciarla por mi mano. ¿Qué me detenía, exactamente? ¿Qué sucedería si deslizaba mis dedos por su mandíbula, en dirección a su oreja, en aquel preciso instante?

—Brooklyn es exactamente el sitio en el que te imagino... aunque yo vivo en Greenwich Village.

Su voz grave y varonil hizo que me despertase de mi ensoñación momentánea.

Mis ojos se desviaron hacia sus labios. Imagino que él se dio cuenta y acto seguido los ocultó con la botella de cerveza.

—No creo que pudiese permitirme vivir en Manhattan —le dije.

Ash se rio.

—Eres la estrella de la editorial, Leah; por si Ruby no ha sido suficientemente explícita. Ya sabes que andaba muy preocupada por tu integridad física esta mañana.

—Una preocupación inútil...—murmuré.

—Lo que quiero decir es que no creo que debas preocuparte mucho por dónde puedas o no vivir; más bien, deberías pensar dónde quieres. Tienes por delante un futuro brillante; eso está claro. No creo que te encuentres con demasiados obstáculos.

Hablaba desde la experiencia, y eso me estaba excitando.

Sentí cómo mis mejillas enrojecían. No estaba acostumbrada a ese tipo de cumplidos por parte de hombres que no fuesen de mi familia.

El silencio se desplegó de nosotros; y en lugar de llenarlo con palabras nos recreamos el uno en el otro. Todavía más.

¿Qué pasa si lo besas?

Era la pregunta que acudía a mis labios una y otra vez, porque estábamos demasiado cerca y ninguno de los dos tenía intención de apartarse, de recuperar su espacio vital.

Y seguí mis impulsos. Llevé mi mano derecha a su mandíbula, porque no podía pasar ni un segundo más sin acariciar su barba rugosa.

—Leah...

—Este viaje es también una huida, ¿sabes? No he venido aquí solo a firmar un contrato —le dije—. Eso podría haberlo hecho desde casa. El hecho de que nos hayamos encontrado esta mañana y que me invitaras a salir...No quiero aventurar nada, Ash. Jamás me atrevería. Pero si estoy pasando una línea roja vas a tener que ser tú quien me detenga. Y ha de ser ahora. Antes de que...

Él se inclinó un poco más hacia mí, y tomó mi mano atrevida entre sus dedos. Después la llevó hacia su corazón, donde se evidenciaba una agitación repentina. El calor que emanaba hizo que me humedeciese al instante; y era la primera vez que aquello me sucedía por el contacto físico directo con un hombre.

Se acercó a mi oído.

—¿Estás segura de esto? ¿Es lo que quieres?

Asentí.

Entonces inclinó el rostro y me besó, despacio, fulminando todo cuanto nos rodeaba. Nadie podía saberlo. Solo éramos una pareja sentada en un bar. Nadie tenía la menor idea acerca de los dieciséis años que nos separaban y, por descontado, no me importaba lo más mínimo.

Había subido a aquel avión con la extraña voluntad de desprenderme de mi virginidad.

No he venido solo a firmar un contrato.

Y por supuesto que durante el vuelo pensé que aquella no era más que una de mis locuras pasajeras; pero en aquel momento estaba con alguien perfecto que parecía responder a mi deseo.

El problema era que a aquellas horas de la tarde yo ya sabía que nunca, bajo ningún concepto, iba a poder olvidarme de él a la mañana siguiente.

—Me encantaría ver tu casa en Greenwich —le dije, como un acto reflejo, en cuanto nuestros labios se separaron.

Él resopló. Yo solo esperaba que él no estuviese anticipando un problema, porque yo no veía más futuro que esa noche.

—Leah...No hay nada que quiera más que eso...

Todo apuntaba a que a aquella sentencia le seguiría un monumental PERO.

—...Pero le prometí a Ruby que cuidaría de ti. Cuando nos dejó en la sala de reuniones esta mañana.

Me sobresalté al oír el nombre de mi editora.

—¿Ruby sabe que estoy aquí contigo?

—¡No! ¡no! Yo no he dicho nada.

—¿Entonces?

—Es un compromiso implícito. Verás; me apetecía pasar la tarde contigo. Pero eso también implica que voy a acompañarte a tu hotel para asegurarme de que llegas sana y salva, y de que descansas esta noche. Esto ha sido inesperado. No quiero caer en lo evidente, pero me sorprende que una chica tan atractiva como tú haya aceptado mi propuesta a pesar de...

—¿De qué soy bastante más joven que tú?

—Exacto.

—¿Vas a asegurarte de que descanse esta noche? —pregunté.

Ash enterró la cara entre sus manos.

Me acerqué a su oído, rodeé su cuello con mis brazos y susurré:

—Es la mejor idea que has tenido.

Ash levantó de nuevo la vista y me preguntó:

—¿Nos vamos?

Ya era de noche cuando salimos del Cellery y Ash me dijo que bajo ningún concepto me iba a acompañar hasta el hotel sin que antes probásemos la mejor pizza de Manhattan.

Siempre me ha resultado muy complicado decir NO a una pizza. Incluso si no es precisamente la mejor.

Diría que sí hasta a cualquier pizza congelada del supermercado.

Y al parecer comer y caminar por la ciudad al mismo tiempo es algo que está más que aceptado en Nueva York, donde todo el mundo siempre tiene prisa por algún motivo.

Ash y yo anduvimos durante unos veinte minutos en los que nuestros cuerpos entraron en contacto de manera natural. Yo hervía de anticipación, no por la pizza —¿que también?—, sino por mi deseo ferviente de encontrarnos el uno frente al otro sin ropa.

Sin tejidos-barrera para nuestra piel.

Llegamos a *Il Bambino*, donde una cola desordenada de gente se agolpaba para conseguir uno de sus gigantescos trozo de pizza.

—Veo que no nos sentaremos —murmuré, viendo que no había ni una sola mesa, a pesar de que el local era relativamente grande.

Ash se rio.

—No. Echa un vistazo a ese panel y dime qué te apetece.

Lo siento, pero a mí sí me gusta la pizza con piña y siempre me ha dado igual ser juzgada por ello. Sé que los pizzeros italianos agitan su cabeza en señal de desaprobación cada vez que alguien se lo pide, pero así soy yo de tropical, en Nueva York y en Bozeman. Y tal vez, algún día, también en Italia.

Y pedir pizza "tropical" delante de un hombre es una muy buena manera de estudiar sus reacciones. Ash ni se inmutó. Al cabo de quince minutos disfrutábamos del sabor explosivo del que considero uno de los grandes placeres de esta vida.

Caminábamos de nuevo por la calle cuando Ash se giró de nuevo para ver la cola y se quedó petrificado. Me agarró de la mano y me hizo acercarme a la pared más próxima.

—Acabo de ver a alguien —dijo.

Yo bajé en un segundo de mi séptimo cielo de las pizzas.

—¿Qué? ¿A quién?

—Más que a alguien, he visto algo inesperado. Muy inesperado.

Señaló con disimulo hacia la cola que se agolpaba en la puerta de *Il Bambino*. Obviamente si para un neoyorquino aquella era una de las mejores pizzerías de la ciudad era muy posible que encontrase a otros de su misma especie acudiendo a buscar su cena.

Nos ocultamos detrás de un puesto de *hot dogs*. Allí, en la cola de *Il Bambino* estaba mi editora, Ruby, acompañada de un chico. Él la rodeaba con sus brazos y ella se reía, sin miedo alguno de mostrar su felicidad. O Ruby se había escapado de su encuentro con sus amigas, o al final lo habían cancelado.

Di un tímido paso hacia adelante. Pensé que tal vez tenía que saludarla. Posiblemente nos habían visto. La mano de Ash me alcanzó.

—No te has dado cuenta de quién es él.

No lo veía bien desde donde estábamos.

—¿Quién es?

—Es Brock, uno de mis muchachos del departamento de informática.

—¿En serio? ¿Están juntos? Ruby siempre ha sido bastante reservada. Ya hace unos años que la conozco y he viajado con ella en giras promocionales por todo el país. Y jamás ha mencionado a ningún chico.

—Ese es el tema. Es la primera noticia que tengo al respecto. Al parecer Brock se lo tenía muy callado.

Me encogí de hombros. Mi felicidad, en ese momento, se concentraba en aquel queso fundido y en el paseo que había entre *Il Bambino* y las puertas de mi hotel.

CAPÍTULO 6

A SHTON

Cada uno de los pasos que dábamos en dirección al hotel Baccarat era una confrontación evidente entre mi deseo y lo que entendía que era mi deber, que no era otra cosa que asegurarme de que Leah llegaba sin contratiempos a su habitación.

Su beso me había pillado completamente por sorpresa. No esperé su afecto repentino y su deseo velado y vulnerable. Y me encantó, y entendí que no podía batallar con algo que yo mismo deseaba tanto. Nuestra diferencia de edad, en el fondo, solo hacía que mi responsabilidad respecto a tratar de hacer las cosas bien se acrecentara.

Lo de Brock y Ruby había pasado enseguida a un segundo plano de mi mente, a pesar de que no podía negar la sorpresa que me había causado. Él era, en realidad, uno de mis mejores amigos. Se había convertido en alguien de mi total confianza después de tantos años encerrados en aquella pequeña cueva, en una esquina de la planta catorce de WonderBooks.

Brock jamás me había hablado de Ruby, ni yo había visto ningún tipo de complicidad entre ellos en la oficina. Lo que había presenciado en la cola de la pizzería era chocante y totalmente inesperado. Sabía que la próxima vez que me encontrase ante él, en la mesa de enfrente, sería muy difícil no preguntarle por la editora.

Llegamos a la puerta del hotel Baccarat. La pizza hacía ya un rato que había desaparecido, habíamos dado buena cuenta de ella; y nuestros dedos se habían entrelazado de manera natural y espontánea, mientras cruzábamos corriendo junto a un semáforo en rojo. Así era nuestra urgencia.

Leah me miró y yo no podía, no podía, decirle que estaba dispuesta a acompañarla hasta su habitación, hasta el borde mismo de su cama, si ella me invitaba.

En ese momento un destello dubitativo se asomó a su mirada. ¿Y si no pasaba? ¿Y si se había arrepentido a pesar de nuestros dedos juguetones y las risas que habíamos soltado a cuenta del romance furtivo de Brock y Ruby, del secreto que ahora compartíamos?

Y en el que ya nos mirábamos, como un reflejo. Ellos eran nuestro espejo.

—Acompáñame —susurró junto a mi oído, poniéndose de puntillas.

Tiró de mi mano en dirección al vestíbulo, y de ahí a los ascensores del hotel. Y no tengo ni idea de cómo hubiese podido negarme, de cómo hubiese podido hacer lo más correcto; que no era otra cosa que alejarme de algo que podía ser un problema.

Lo que sucedió a continuación quedará para siempre en mi memoria, pase lo que pase en el futuro entre Leah y yo. Sus manos rodearon mi cuello y mis pasos simplemente respondieron a los suyos. Nuestros cuerpos habían empezado a moldearse el uno contra el otro ya en el ascensor, que se detuvo en la planta diez del hotel.

No era el mejor momento para cuestionar mi suerte, ni mi esquema de valores, porque iba a pasar lo que tenía que pasar. Lo que nos estaba dictando el destino.

Leah desvió la mano hacia su bolso, buscando la tarjeta que daba acceso a su flamante habitación, una de las *suites* más bonitas del hotel, según le había asegurado la recepcionista esa misma mañana.

Traté de convencerme a mí mismo de que uno de los motivos por los que tenía que entrar en aquella habitación era porque necesitaba acceder a su ordenador y retirar el virus que se activaría en un par de horas. ¿Cómo había podido ser tan idiota? ¿Tan desconfiado?

—Leah —susurré entre sus besos hambrientos—. Estamos entrando en tu habitación.

—Lo sé.

Era muy decidida para lo joven que era y nada me parece más sexy y excitante que una mujer que sabe perfectamente lo que quiere, y que no tiene miedo de expresar su deseo.

Avanzamos a trompicones hacia la cama. Ella extendió una mano y encendió una de las lámparas que había junto al gigantesco colchón y me alegré, porque lo habría hecho yo si ella no hubiese dejado paso a la luz. No quería perderme ni un centímetro de su cuerpo.

Leah se tumbó sobre la cama, cuyas sábanas estaban desordenadas después de, probablemente, haber pasado allí parte de la tarde, escribiendo o durmiendo, o tal vez pensando en nuestra inminente cita. Mi excitación iba en aumento.

Mi mano se perdió bajo su falda. Me sorprendió su humedad intensa. Sus rodillas se separaron aún más mientras yo recorría su cuello con mi lengua, y entonces Leah lo dijo y se desataron los siete infiernos:

—Es la primera vez, Ash...

Como si acabase de recibir una descarga eléctrica, me aparté de su cuerpo. Aturdido.

—No... no. Ven aquí. —dijo ella, reaccionando al instante. Se incorporó sobre la cama para que entrásemos de nuevo en contacto. Se sentó a horcajadas sobre mis muslos y sus brazos me envolvieron. Era la cárcel perfecta y un regalo de Dios.

Pero era su primera vez.

—Leah, no sé si debería...

—Quiero que sea contigo. Quiero que sea esta noche. En Nueva York. No podría haber soñado con nada ni nadie más perfecto.

Leah empezó a mover sus caderas muy despacio sobre mi polla, que había reaccionado hacía mucho tiempo y que contenía todo mi dolor, además de mi dureza. ¿Cómo había pensado por un minuto que podría escapar de allí?

No nos habíamos quitado aún toda la ropa, a pesar de que Leah ya había deshecho cada uno de los botones de mi camisa y paseaba las yemas de sus dedos por mi pecho. Estaba tomando las riendas, cabalgándome muy despacio pero con gran seguridad. Entendí enseguida que estaba en pleno clímax y que quería garantizarse un orgasmo.

Deslicé los tirantes de su vestido hacia abajo, hasta descubrir sus pechos pequeños y puntiagudos, listos para recibir mi lengua ansiosa. En el momento en que puse la punta sobre uno de sus pezones su piel se erizó y su cabeza se deslizó hacia atrás. Dejé que siguiera moviéndose hasta que consiguiera lo que tanto ansiaba.

Cuanto desplacé mi lengua hacia su pecho izquierdo, dispuesto a ofrecerle la misma atención, su cuerpo convulsionó. Un suspiro profundo transformado en alivio se escapó de su garganta. Me abrazó, se refugió en mí.

Era perfecta.

La levanté, la tumbé de nuevo sobre el colchón y acaricié sus brazos, buscando algún signo que me indicase que estaba preparada de nuevo.

Retiré cualquier vestigio de ropa que quedase entre nosotros.

Después cubrí su cuerpo menudo con el mío y dejé que sus piernas se enroscasen en mi cadera. Su olor, una mezcla intoxicadora de perfume y de champú hizo que me olvidase de todo. No iba a hundirme en ella sin más, de manera quirúrgica. Quería ser muy cuidadoso y lo primero era lo más básico. Busqué con la mano derecha mis pantalones, que habían quedado enrollados junto a la almohada, y palpé el bolsillo trasero.

Allí estaba mi cartera y dentro de ella, un preservativo que renovaba periódicamente.

Recordé horrorizado que era el único que tenía, que tal vez Leah no viajaba protegida a Nueva York, y más si yo era el primer hombre que tenía el privilegio de penetrarla; que era exactamente lo que iba a pasar.

Y que por tanto aquello tenía que salir bien a la primera.

Me puse el condón mientras ella pasaba sus dedos por mi pelo y entraba de nuevo en situación.

Después paseé de nuevo la lengua entre sus piernas para asegurarme de que estaba preparada para mí. La besé, mientras agradecí en secreto aquel regalo perfecto e inesperado. Me aseguré de que tenía los ojos bien abiertos mientras recibía cada uno de mis centímetros. Disfruté del pequeño gesto de dolor que se asomó a sus labios y de la estrechez caliente que me estaba atrapando ahí abajo.

—¿Estás bien? —susurré.

Su respuesta fue aprisionarme aún más fuerte con sus piernas. Mi cadera no podía escapar de su candado, solo podía seguir avanzando en su carne.

Leah asintió. Su abrazó fue todavía más íntimo. ¿Era yo digno de lo que estábamos desatando?

Cuando llegué al fondo de su cuerpo, muy despacio, observé de nuevo su reacción. Noté como sus músculos internos se relajaban, se ablandaban y empezaban a aceptar mi dureza y a amoldarse a ella. *Ahora*, pensé, *no puedo tener piedad. Voy a darle otro orgasmo, voy a hacer que jamás olvide esta noche.* Que no me olvidase a mí era algo que se convertiría en mi misión vital.

Empecé a moverme sobre ella, primero despacio, y después fui aumentando el ritmo.

—Más. Por favor —iba diciendo Leah —. Ven aquí, más cerca. Pégate a mí.

Entendí al instante su necesidad. Buscaba nuestra fricción en el punto exacto en el que empezaban todas sus convulsiones. Eso lo podía hacer. Repté unos centímetros más sobre su torso, hasta colocarme sobre su mirada; y empecé a follarla con más intensidad. Leah se reveló como la más experimentada de las amantes, o al menos una que sabía exactamente cómo obtener su placer. Y eso me conduciría irremediablemente hasta el mío propio.

Me quedé clavado en todo lo que se desbordaba por sus ojos mientras me movía dentro de ella, cada vez más rápido y más fuerte. No podía creer cómo nuestros cuerpos habían encajado el uno con el otro, a la perfección.

Supe que iba a desbordarme, y ella conmigo una vez más, cuando noté que sus uñas se clavaban en mi espalda.

Ahí estaba. Otra vez.

—Ash —mi nombre se había convertido en el enésimo de sus suspiros. En una exhalación.

Un intenso orgasmo me hizo ver las estrellas. Noté como todos los fluidos de mi cuerpo me abandonaban y se expandían a través de su calor, en el fondo del látex que nos protegía. Deseé poder correrme dentro de ella una y mil veces, soñé con inundarla y con que sus uñas creasen auténticas muescas en mi espalda. Pero eso tendría que esperar.

Leah gritó de puro éxtasis.

Fui consciente de lo finas que pueden ser las paredes de los hoteles de Manhattan y apagué su voz con un beso.

Cuando me aseguré de que Leah estaba cien por cien satisfecha y descansaba sobre mi pecho empecé a tomar conciencia de mi entorno, del planeta en el que vivíamos y que habíamos abandonado juntos durante unos minutos.

Acaricié su melena rubia y ella se acurrucó junto a mi pecho. Permanecimos sumidos en un silencio perfecto hasta que se durmió, y fue entonces, cuando ella cerró los ojos y me quedé a solas con su piel cuando entendí que no quería separarme de ella nunca más y que ojalá nunca subiese a ese avión de vuelta a Montana.

De reojo observé un elegante reloj en la pared de la *suite*. Tenía que solucionar un problema provocado por mi propia idiotez y no había demasiado tiempo. Aparté con cuidado la cabeza de Leah de mi pecho y la coloqué sobre la almohada. No sé despertó, pero a pesar de ello susurré:

—Voy un momento al baño. Vuelvo enseguida.

Me levanté de la cama lo más sigilosamente que pude y me coloqué mis calzoncillos. Después me asomé a la habitación contigua de la *suite*, donde un gran salón presidido por gigantescos ventanales evidenciaban que Leah era una de las autoras estrella de la editorial y que estaba en el máximo interés de WonderBooks que se sintiera lo más cómoda posible durante su visita. *Yo también estoy cuidando de ella,* pensé. Pero hubiese sido un auténtico desperdicio desaprovechar una noche en aquel hotel, cambiándolo por mi rústico apartamento.

Me acerqué al escritorio donde Leah había dejado su portátil. Lo encendí, tapando con la mano el altavoz desde donde se escaparía el característico sonido de encendido. Sabía muy bien que Leah no protegía su *laptop* con una contraseña, algo de lo que sin duda también tendría que prevenirla.

Mientras la máquina arrancaba, me asomé a admirar la medianoche en las calles de Manhattan. ¿Estaba listo para quedarme en la ciudad si eso era lo que Leah deseaba? ¿Para enterrar por un tiempo esa ya lejana fantasía de marcharme a un lugar con menos cemento y menos personas?

Como si tuvieras alguna elección, pensé.

Iba a hacer lo que ella quisiera.

Me senté ante la pantalla y, con cuidado de no dejar ningún rastro digital, desactivé el virus que yo mismo había instalado esa misma mañana con un único objetivo: que bloquease de nuevo el ordenador a las once de la noche para que, al día siguiente, Leah tuviese que buscarme para que la ayudara de nuevo.

Porque nunca hubiese confiado en mis posibilidades con ella.

Porque de repente me había aterrorizado la idea de no volverla a ver. De que subiese a su avión de vuelta y que algo la convenciera para no volver a Nueva York en mucho, mucho tiempo.

Trabajé rápido. En apenas tres minutos todo dentro de aquel ordenador tenía que funcionar correctamente. Hurgué en las entrañas de la máquina a oscuras en aquella *suite* del hotel Baccarat, desactivando mi propia inseguridad pero al mismo tiempo sin ser consciente de la sombra que se cernía a mi espalda, junto a la puerta.

No era uno de los millones de sombras que provocan las aristas de los edificios de Manhattan.

Era la mismísima Leah, desvelada y, tal vez, herida.

No la vi.

Ni la oí.

CAPÍTULO 7

L EAH

De repente me di cuenta de que llevaba un rato mirando la pantalla apagada del ordenador portátil. Estaba en Mallory's, la cafetería acogedora que hay camino de la sede de WonderBooks y en la que no había podido entretenerme mucho el primer día.

Esa mañana me había despertado temprano, muy temprano. No podía asimilar mis emociones delante de él, así que me deslicé de la cama al amanecer, me vestí sin hacer ruido y salí del hotel con todas mis historias bajo el brazo.

—¿Un poco más? —levanté la vista al escuchar una voz femenina que se dirigía a mí, con cierto timbre de emoción. Era una de las baristas de Mallory's, que se había acercado a mí con una de las cafeteras portátiles entre las manos.

Le sonreí, aunque seguía triste. Levanté mi taza ya vacía de café y ella la llenó de nuevo hasta la mitad.

—Me encantan tus libros —me dijo.

La miré, con un gesto interrogante, como si de repente no supiese de qué me estaba hablando.

—Tus novelas —aclaró—. Soy muy fan de tu trabajo, Leah.

—Muchas gracias. Se me hace raro que me reconozcan en una ciudad tan inmensa. ¿Quieres sentarte un poco...Leighton? —le pregunté, leyendo su nombre en la placa que había prendida de su delantal.

La camarera miró hacia el mostrador, donde otra de sus compañeras atendía a una señora con pinta de ejecutiva. Aún no había demasiada gente en el local. Hacía una media hora que habían abierto sus puertas esa misma mañana.

—Sí, me encantaría. Solo un minuto —contestó.

Dejó la cafetera sobre la mesa y se sentó frente a mí, en la silla vacía junto al enorme ventanal. Manhattan empezaba a acelerar poco a poco. Eran casi las ocho y media de la mañana y los primeros oficinistas ya se encaminaban hacia sus despachos.

—Me encantaría saber cuándo sale tu próxima novela. Me muero de ganas de leerla.

—Si todo va bien, en unos seis meses. Aunque ya está terminada, la entregué hace unas semanas. De hecho he venido a Nueva York para firmar el contrato con mi editorial.

—Genial. Qué bien. Yo también escribo, ¿sabes? En mis ratos libres —añadió, señalando sutilmente la cafetera.

—Eso está fenomenal.

—¿Algún consejo, Leah?

Solo se me ocurría una cosa:

—No lo dejes. Si es realmente lo que quieres hacer, sigue siempre hacia delante.

Oímos una voz que la llamaba desde el mostrador.

—¡Leighton!

Su compañera señaló la cola que se acababa de formar frente a la caja.

—He de irme. Gracias por el consejo. Seguiré escribiendo, aunque a veces me desanimo. Pero haberte encontrado hoy aquí... En fin, me lo tomo como una señal del destino. Qué pena no tener una de tus novelas aquí, me habría encantado que me la dedicases.

Su franqueza y su entusiasmo me habían pillado totalmente por sorpresa; y me habían hecho olvidar por momentos mi colapso con Ash.

Leighton me apretó la mano y se fue, dejándome con mi café y mi ordenador a oscuras.

Esa misma mañana, cuando me desperté entre los brazos de Ash lo sentí como un extraño. Y no era porque me arrepintiese de lo sucedido, sino porque no había podido procesar mi visión nocturna. Me había levantado al baño y lo vi en el salón de la *suite,* semidesnudo, sentado en el escritorio delante de mi ordenador. No le pregunté qué estaba haciendo, pero obviamente no me gustó. No tenía ningún derecho a hurgar en mis cosas, especialmente en algo tan importante para mí como es mi ordenador, herramienta de trabajo.

Regresé a la cama y me dormí de nuevo enseguida. Estaba agotada por el viaje y por todo lo que había pasado. Un día demasiado intenso. Y por la mañana me desperté junto a él y sentí la fuerte necesidad de estar sola, de pensar en lo sucedido, en si debía apartarlo de inmediato. Me vestí y me marché de la habitación. Con mi ordenador, por supuesto. Debía asegurarme de que no le "había hecho" nada.

Imaginé su confusión.

Se despertaría solo en una habitación fría, mi lado de la cama ya frío.

Y no entendería nada.

Debía regresar a la sede de WonderBooks para firmar el dichoso contrato en esa misma mañana; y luego, tal vez, regresar ya a Bozeman. Me estaba planteando adelantar el viaje de vuelta a mi tierra. Al margen de la confusión por aquella inesperada visión nocturna, no podía dejar de pensar en Ash y en mí misma en aquella cama que nos había atrapado.

Sentada en aquella cafetería revivía cada una de sus caricias; el paseo desde la pizzería hasta el hotel, la manera dulce y cuidadosa en la que me invadió, mientras yo trataba de mezclarme con su cuerpo, apretarlo más y más contra mí.

Terminé el café, cerré el ordenador y lo guardé en su bolsa de tela. Ya eran casi las nueve y sabía muy bien que Ruby era una de las primeras en llegar a la oficina cada mañana.

Saludé a Leighton con la mano y le prometí que volvería con más tiempo para hablar. No tenía ni idea de si mi promesa se materializaría pronto, pero al menos le pediría a Ruby que le enviasen una copia firmada de mi última novela a la cafetería. Eso sí que lo podía hacer.

Llegué a la sede de la editorial y el destino quiso que se abriese exactamente la puerta del ascensor donde vi por primera vez a Ash. Me acerqué a él temblando. Por suerte o por desgracia, estaba vacío. Respiré hondo y pulsé el botón que me conduciría hasta la planta catorce.

Debí suponer que saldría como una exhalación de aquel hotel, de aquella cama y que correría hacia la oficina, el lugar más lógico en el que encontrarme esa mañana.

Porque allí lo encontré.

Cuando se abrieron las puertas Ash estaba allí, en la planta catorce, con una taza en la mano y esperando algo o alguien. Tal vez a mí misma. Observé su gesto, entre aterrorizado y aliviado, y me pidió que por favor le acompañase a la misma sala donde un día antes había arreglado mi ordenador.

CAPÍTULO 8

A SHTON

Casi me volví loco cuando me desperté y vi no solo que no estaba a mi lado, sino que había abandonado la *suite* del hotel. No me asustó su ausencia repentina, sino el vínculo que había fabricado con Leah Ellington en un solo día, en una sola noche.

Paseé por la gigantesca habitación, desorientado, buscando alguna nota manuscrita que dijese que volvía enseguida, que había bajado a recepción, a hacer una llamada personal, a buscar su desayuno especial. Pero no encontré nada. Su ordenador ya no estaba en el lugar en el que yo mismo lo había dejado con sumo cuidado. Su bolso y su teléfono tampoco.

Su teléfono.

Dios mío, no tenía su número.

Me lavé la cara para desprenderme de mi aturdimiento, me vestí a toda prisa y bajé a recepción para preguntar por ella. Me encontré con una ceja arqueada y un contundente: *Sí, la señorita Ellington se marchó hará una media hora.*

No entendía absolutamente nada, pero la única razón que acudió a mi mente fue el arrepentimiento.

Tal vez Leah pensaba que aquello había sido un error, que estaba mal y que no tendría que haber sucedido. Tenía todo el derecho a marcharse sin decir adiós porque no me debía absolutamente nada, y mientras yo corría hacia la parada de metro más próxima al Baccarat —porque estaba convencido de que llegaría así antes que en taxi a la oficina— pensaba en cuántas veces yo mismo había abandonado una cama sin despedirme, en el pasado, y cómo debían de haberse sentido las mujeres que se habían cruzado en mi camino.

Muchos años después bebía de mi propia medicina y me sorprendía que, lejos de curarme, me causaba una profunda molestia.

Llegué a la sede de WonderBooks, el edificio anodino que en el fondo no era más que el sitio en el que pasaba demasiadas horas al día, de lunes a viernes, solucionando problemas. Sabía que Leah tenía que estar a las diez de la mañana en la oficina de Linley para firmar su contrato, así que tal vez esa sería una buena oportunidad para tranquilizarme, para preguntarle si estaba bien.

Llegué a la oficina a las nueve menos cuarto y di un breve paseo por la zona en la que se sentaban las editoras y Laura Linley, la directora editorial de WonderBooks. Alice y Ruby ya estaban allí, con la cabeza enterrada en sus eternas montañas de papel.

Recorrí el pasillo que formaban los armarios del departamento, atestados de manuscritos y de cables inservibles, y regresé a la zona de recepción. La esperaría allí mismo. Cogí unos cuantos papeles y me paseé con ellos para despejar posibles dudas sobre mi misión matutina.

Me di cuenta, en ese instante, de que me daba exactamente igual que me viesen, que nos viesen, que alguien supiese que algo había pasado entre Leah y yo a pesar de los años que nos separaban. Aquella inquietud que se había apoderado de mí solo podía significar que me importaba demasiado.

Y que el tiempo da exactamente igual.

El tiempo que hace que nos conocimos.

Los años que hay entre nuestras fechas de nacimiento.

Me acerqué a los ascensores. No quería que Ruby se me adelantase.

Ruby.

Y Brock.

Eso era algo interesante, sin duda. Pero era una historia que tendría que esperar.

Observé que uno de los ascensores ascendía hasta la planta catorce. El corazón empezó a agitarse dentro de mi pecho, desbocado. Y cuando se detuvo y se abrieron las puertas, ahí estaba mi Leah, mirándome tras sus gafas de pasta, dudando si debía hacer lo que quería o lo que debía.

—Leah —susurré, dando un paso hacia ella—. Acompáñame a la sala.

Me miró con gesto interrogante y supe que algo había salido terriblemente mal.

—Por favor.

Asintió y me acompañó.

Una vez allí, cerré la puerta para evitar que nadie nos viese y de nuevo, esperé a que fuera ella quien se acercara a mi cuerpo, quien eligiese. Así sería siempre.

—¿Dónde has estado? —pregunté. Ansiaba una respuesta.

Ella me miró, consciente de que no me la debía.

—Me he preocupado mucho cuando me desperté y vi que no estabas —añadí.

No podía exigirle nada a una chica de diecinueve años, no podía señalarle sus errores sin sentirme como un idiota, sobre todo porque sabía muy bien que yo también los cometía.

Cada día.

A todas horas.

—Te vi —dijo ella.

—¿Cómo?

—Anoche. En el salón de la *suite*. Cuando me quedé dormida. Te levantaste y revisaste mi ordenador. ¿Se puede saber...qué hacías?

Quise que el mundo se abriese en canal y me devorase. Que apareciera uno de esos monstruos míticos que avanzan por las calles de Nueva York destrozando todo a su paso.

—Odio que me espíen —dijo Leah—. Fue doloroso. Y fue... inadmisible. No puedo pasar por ahí, Ash. Jamás. He decidido adelantar mi regreso a Bozeman. Me he dado cuenta de que... creo que la gran ciudad no es para mí.

Que el monstruo me fulmine con una llamarada de fuego.

Solo la verdad podía ayudarme en aquel momento de pesadilla. Me senté sobre la mesa y busqué las palabras que necesitaba.

—Lo siento muchísimo, Leah. Siento que pienses esto y que te haya dolido. No estaba espiando tu ordenador. Estaba retirando un virus que yo mismo instalé por la mañana —me detuve un momento en mi explicación y estudié su rostro de sorpresa. Me habría esperado un repentino ataque de rabia, pero su calma tensa era mucho más dolorosa.

—¿Un virus?

—Fui un idiota. Creí que sería la única manera de volvernos a ver. De que me buscases de nuevo en la oficina para que arreglara tu ordenador. Necesito que me perdones. Fue una gran idiotez y quiero que empecemos de cero.

Llevaba su portátil debajo del brazo, en una bolsa de tela de *Urban Outfitters*. Lo miró de reojo.

—No entré en tus carpetas —aclaré—. No miré absolutamente nada. Lo encendí, desactivé el virus y lo apagué de nuevo.

—Está claro que la diferencia de edad no es sinónimo necesariamente de madurez.

—Entiendo que estés enfadada. Perdón, de nuevo. No quiero que te vayas hoy a Bozeman. Quiero que pasemos juntos este fin de semana. Y todos los fines de semana que vengan después.

Sus cejas se arquearon en señal de sorpresa. Di un paso hacia Leah.

No estaba convencida.

No iba a parar hasta que me aceptase. Hasta que reconociese que lo que había pasado la noche anterior nos había arrollado a los dos.

Estiré una mano y toqué su brazo derecho. No lo apartó. Vi en sus ojos la segunda oportunidad que tanto ansiaba, pero necesitaba que lo dijera. Que me dijera que me quería a su lado tanto como yo a ella.

Estábamos en una posición comprometida en medio de una sala en la que podría entrar cualquiera que la hubiese reservado para una reunión a primera hora de la mañana. Y seguía dándome igual que nos descubriesen, porque en aquel momento solo podía pensar en su clemencia y en su piel.

Un brazo.

Después el otro. Y nuestros cuerpos se enredaron otra vez esa mañana.

—¿Me perdonas, Leah? Necesito oírlo. En serio. No puedo hacer nada más aquí y ahora si no estoy cien por cien seguro de que estás bien. Y eso es todo lo que me importa ahora.

—Te perdono —una sonrisa tímida y desarmante se asomó a su preciosa cara—. Pero no vuelva a tocar mi ordenador sin mi explícito permiso, señor Fuller. Podría toparse con uno de mis manuscritos y caer rendido definitivamente...

—Ya lo estoy, Leah. Ya estoy rendido.

Conozco muy bien cierta leyenda urbana que prohíbe los romances entre los empleados de la editorial WonderBooks. Nadie me ha confirmado nunca que esa norma sea real, pero desde Recursos Humanos nunca se han preocupado de desmentirlo.

No sé si ese mito hace que el amor circule por los pasillos con más ímpetu si cabe. Gente como Naomi, de Marketing, o el mismísimo amo supremo, Dean Harrington, son un claro ejemplo de ello o tal vez serían las excepciones a la regla (qué demonios, lo de Brock y Ruby también podía tener algo que ver con todo esto).

Pero mientras Leah se refugiaba de nuevo en mis brazos y alguien llamaba a la puerta pensé que, técnicamente, Leah no era una empleada de WonderBooks, sino el auténtico corazón de aquella pequeña hoguera de las vanidades.

La puerta se entreabrió sin esperar nuestra respuesta. Era Ruby. Nos miró sonriente, como si entendiese a la perfección lo que estaba pasando allí y sin hacer el más mínimo comentario al respecto.

—Te espero en el despacho de Linley, Leah. Ha llegado el gran día. Hoy es el primer día del mejor futuro posible.

Un futuro conmigo, en Manhattan. Con Leah a mi lado, tecleando. Y yo junto a ella, admirándola y alerta en todo momento.

Por si hubiese que hacer alguna reparación.

Antes de dejar que se marchase a firmar su contrato, la estreché entre mis brazos y le dije que tendríamos que cenar juntos ese día, y al siguiente, y al otro, porque había demasiado que celebrar.

EPÍLOGO

Un año después
LEAH

—Bienvenidos a Bozeman, Montana. Les damos las gracias por volar con nosotros y esperamos volver a tenerles a bordo muy pronto —dijo la azafata a través del sistema de comunicación interno.

La cola del avión estalló en júbilo en cuanto el avión empezó a aminorar la velocidad.

Ash me apretó la mano. No me la había soltado en los últimos quince minutos. Me había sorprendido mucho descubrir, en la cola de embarque, que mi novio tenía fobia a volar. Y solo había sido capaz de reconocerlo después de que yo le dijera que su palidez repentina empezaba a asustarme.

—No puedo creer que me esté enterando de esto ahora —le había dicho.

—No voy a hacer muchos comentarios al respecto —había contestado, mientras se abrochaba nervioso el cinturón de seguridad.

—Ash, ¿cuánto tiempo hace que no viajas en avión?

Reflexionó unos instantes.

—Unos dieciséis años. Viajé a Islandia con el equipo de ajedrez de la universidad. A la vuelta tuvieron que sedarme.

—¿Volabas desde Nueva York?

Asintió.

—Eso son solo unas tres o cuatro horas de vuelo.

Ash se inclinó y me dio un beso, tal vez para que me callase de una vez.

—Cariño, no soy de los que se tranquilizan charlando, me temo. Voy a ser un compañero de viaje muy aburrido.

Le acaricié el pelo y me acurruqué junto a su hombro.

—Ya me callo.

—¿Puedo agarrarte la mano? Eso sí me tranquilizará.

—Por supuesto.

—Ash.

—Dime.

—Ahora significa el triple para mí que hayas decidido acompañarme.

Escondió el rostro entre mi melena.

—Eres la única la razón por la que me subiría a un avión, Leah. Y ya ves, aquí me tienes.

Aterrizamos en Bozeman a las ocho de la tarde. Era la primera vez que Ash me acompañaba a casa. ¡Por fin iba a conocer a mis padres! Estaba muy nerviosa, pero tenía la sensación de que todo iba a salir bien. Les iba a encantar, seguro.

No puedo creer que ya haya pasado un año desde que fui a Nueva York a firmar aquel contrato. Dentro de tres semanas sale al mercado mi cuarta novela y puedo decir que el gran salto vital que di ha salido fenomenal. Y eso que era bastante arriesgado.

Después de aquel fin de semana en el que nos conocimos y en el que todo dio un vuelco, volví a Bozeman en una especie de viaje relámpago. Apenas estuve ocho o nueve días en casa para recoger mis cosas y organizar una mudanza exprés. Regresé a Nueva York con dos maletas y con mi ordenador portátil, —mi ojito derecho—; y me fui directamente a vivir con Ash.

Podría haber sido un completo desastre, pero aquí estamos, un año después, haciendo el camino inverso en un avión, para presentarlo a toda mi familia.

Lo de vivir juntos había surgido de la manera más espontánea. Ash me propuso quedarme unas semanas en su apartamento mientras buscaba algún sitio; pero pronto nos dimos cuenta de que no queríamos dormir separados nunca más.

—No puedo creerlo. Están aplaudiendo. Los del final del avión —murmuró Ash. El color estaba regresando a su rostro; y ahora que el avión había tocado tierra se veía capacitado para retomar su sarcasmo habitual.

—Por supuesto que aplauden, ¿qué creías? Aterrizar sanos y salvos en medio del campo es motivo de celebración. Además, si estás a punto de aplaudir tú también...

—Me has pillado.

Veinte años.

Veinte años cumplí la semana pasada y se me hace rarísimo haber encontrado a mi gran amor tan pronto. *Tan al principio de todo*, como me dice Leighton a veces.

Leighton se ha convertido en una de mis mejores amigas en Nueva York y a la vuelta nosotras también tenemos algo que celebrar: la publicación de su primera novela.

Ash se levantó y localizó en el compartimento nuestro equipaje de mano. Respiró aliviado en cuanto pisamos la terminal, y aún más, increíblemente, cuando recibió el abrazo afectuoso de mi padre que nos esperaba allí con buena parte de la familia.

Mientras los seguíamos hacia el coche, Ash me besó.

—¿Puedo besarte delante de tus padres? —me preguntó, riéndose.

—Puede hasta dormir conmigo esta noche, señor Fuller. ¿Qué le parece?

—No esperaba menos, futura señora Fuller.

Ya me estaba acostumbrando a eso.

Señora Fuller. Sí.

Traíamos camisetas de Nueva York para todos, dulces gigantescos y también grandes noticias.

www.ingramcontent.com/pod-product-compliance
Lightning Source LLC
Chambersburg PA
CBHW051823130726
47987CB00003B/1384